OEUVRES
ATTRIBUÉES À
FRANÇOIS VILLON;
SECONDE PARTIE,
CONTENANT
LES PIECES
INDIQUÉES
À LA
PAGE SUIVANTE

LES
REPUES FRANCHES,
LE
FRANC ARCHIER DE BAIGNOLLET,
LE DIALOGUE DE MESSIEURS DE MALLEPAYE ET DE BAILLEVANT, ET TROIS BALLADES.

LES
REPUES FRANCHES.

VOUS qui cerchez les Repues franches,
Tant jours ouvriers que dimenches,
N'avez pas planté de monnoye,
Affin que chascun de vous oye
Comment on les peut recouvrer,
Vueillez vous au sermon trouver,
Qui est escript dedans ce livre.
Mettez tous peines de lire (*a*),
Entre vous jeunes perrucatz,
Procureurs, nouveaulx advocatz,
Aprenans aux despens d'aultruy:
Venez-y tost sans nul estrif,
Clercz de praticque diligens,
Qui congnoissez si bien voz gens,
Sergens à pied & à cheval
Venez y d'amont & d'aval.
Les hoirs du deffunct Pathelin,
Qui sçavez jargon, jobelin,
Capitaine du pont à Billon (*b*),

Tous

(*a*) *Lisez:* Mettez tous peines de *le* lire.
(*b*) *Ou* Pont à Baillon, *comme ci-dessous.*

Tous les subjetz FRANÇOYS VILLON,
Soyez à ce coup reveillez,
Pas ne debvés estre oubliez.
Tous gallans à pourpointz sans manches,
Qui ont besoing de Repues franches,
Venez tous apprendre comment
Les maistres anciennement
Sçavoyent bien tous les tours.
Messire chascun paucque denare,
Qui de livres sçait les usaiges,
En veult lire tous les passaiges;
De ce luy est prins appetis.
Venez y donc grans & petis;
Car de la science sçavoir
Vous ne povez que mieulx valoir.
Venez chevaucheurs d'escuyrie;
Serviteurs de grans seigneuries.
Venez y, sans dilation,
Tous gens sotz de toutes sortes.
Venez y bigotz & bigottes:
Venez y povres Trupelins,
Et Cordeliers, & Jacopins.
Venez aussi toutes prestresses,
Qui sçavez pieça les adresses
Des prestres hault & bas,
Gardez que vous n'y faillez pas.
Venez gorriers & gorrieres,
Qui faictes si bien les manieres,
Que c'est une chose terrible,
Pour bien faire tout le possible,
Toutes manieres de farseurs,
Anciens & jeunes mocqueurs.
Venez tous vrays maquereaulx
De tous estatz vieulx & nouveaulx:
Venez y toutes maquerelles,
Qui, par vos subtilles querelles,

Avez

Avez tousjours en voz maisons
Pour avoir en toutes saisons,
Tant jours ouvriers que dimenches,
Souvent les bonnes Repues franches.
Venez y tous bons pardonneurs,
Qui sçavez faire les honneurs
Aux villages de bons pastez,
Avecques ces gens curatez,
Qui ayment bien vostre venuë,
Pour avoir la franche Repuë;
Affin que chascun d'eulx enhorte
Les parroissiens qu'on apporte
Des biens aux pardons de ce lieu,
Et qu'on face du bien pour Dieu.
Tant que le pardonneur s'en aille,
Le Curé ne despendra maille,
Et aura maistre Jehan Laurens,
Fermement payans les despens,
Et quarte de vin simplement
Au Curé à son departement.
De tout estat soit bas ou hault,
Venez-y, qu'il n'y ait deffault.
Venez-y varletz, chamberieres,
Qui sçavés si bien les manieres,
En disant mainte bonne bave,
D'avoir du meilleur de la cave,
Et puis joyeusement preschez
Apres que voz gens sont couchez.
Ceulx qui cerchent banquetz ou festes,
Pour dire quelque chansonnette,
Affin d'atrapper la Repuë.
Que chascun de vous se remuë,
D'y venir bien legierement;
Et vous pourrez ouyr comment
Ung grant tas de vieilles commeres,
Sçavent bien trouver les manieres

De faire leurs marys coqus.
Venez-y, & n'attendez plus,
Entre vous prebstres sans sejour,
Qui dictes deux messes pour jour,
A Sainct Innocent, ou ailleurs :
Venez-y, pour sçavoir plusieurs
Des passages & des adresses
De maintes petites finesses,
Que l'en faict bien facillement,
Qui advient par faulte d'argent,
En maint lieu la franche Repuë,
Qui ne doit à nul estre tenuë,
Par tel sy, qui veuë ny aura,
Payera à celuy qui fera
De ceste Repuë le present,
De l'escot s'en yra exent.
Moyennant qui monstre ce livre ;
Par ce moyen sera delivre,
En lieu ou n'aura esté veu,
Il sera franchement repeu,
Ainsi qu'on orra plus à plain,
Qui de l'entendre prendra soing.

L'ACTEUR.

BALLADE.

I.

QUANT j'euz ouy ce mandemant
Qu'on sermonnoit venir à l'Acteur,
Le dessusdict j'ay pensé fermement
De moy trouver, & en prins l'adventure,

Comme

Comme celuy qui de droicte nature
Vouloit de ce faire narration,
A celle fin qu'il en fust mention,
A ung chascun pour le temps advenir
Qui s'entendent & ont intention
Que les Repuës les viendroyent secourir.

I I.

Mais ce secours est d'anciennement
De tous repas le chieft & par droicture,
Parquoy aulcuns, qui ont entendement,
En treuvent bien aultres s'ils en ont cure,
Et ne cerchent tant que l'argent leur dure;
Mais font du leur si grant destruction,
Qu'ilz en entrent en la subjection
De faire aux dens l'arquemie sans faillir,
En atendant pour toute production
Que les Repuës les viendroyent secourir.

I I I.

J'en ay congneu, que largement souvent
Donnoyent à tous Repuës outre mesure,
Que despuis ont continuellement
Servy le pont à Baillon par droicture,
Dont la façon a esté à maint dure
En leur grant dueil & tribulation:
Mais lors n'avoyent nulle remission,
Combien que ce leur fist le cueur fremir,
Ilz n'attendoyent aultre succession,
Que les Repuës les viendroyent secourir.

I V.

Prince, puis que ne me puis secourir
Que de telz faitz ne face mention,

De ce qu'en mon temps ay veu advenir,
J'en vueil faire quelque narration,
Et escripre soubz la correction
Des escoutans, affin d'en souvenir
Ceste presente nouvelle invention,
Que les Repuës les viendroyent secourir.

LA BALLADE DES ESCOUTANS.

QUI en a, il est bien venu,
Qui n'en a point, on n'en tient compte;
Celuy qui en a, il est bien congneu,
Et cil qui n'en a point, vit a grant honte;
Et qui paye on l'exauce & monte
Jusques au tiers ciel pour impetrer,
Son honneur tout aultre surmonte,
Par force de bien acquester.
QUANT entendismes les estatz,
De telz dissimulations,
Congnoissant les haulx & les bas,
Par toutes abreviations,
Nous vismes sans sommations,
Aux champs par boys & par taillis,
Pour congnoistre les fictions
Qui se font souvent à Paris.
POURCE que chascun maintenoit,
Que c'estoit la ville du monde,
Qui plus de peuple soustenoit,
Et ou maintz estranges abonde,
Pour la grant science parfonde
Renommée en icelle ville;
Je partis, & veulx qu'on me tonde,
S'a l'entrée avois croix ne pille.

Il estoit temps de se coucher,
Et ne sçavoye ou heberger.
D'ung logis me vins approcher,
Sçavoir s'on m'y vouldroit loger,
En disant, Avez à menger?
L'hoste me respondit, si ay.
Lors luy priay pour abreger,
Apportez le donc devant moy.

Je fus servy passablement,
Selon mon estat & ma sorte,
Et pensant à par moy comment
Je cheviroye avec l'hoste,
Je m'avise que soubz ma coste
Avois une espée qui bien trenche.
Je la lairray, qu'on ne me l'oste,
En gaige de ma Repuë franche.

L'espée estoit toute d'acier;
Il ne s'en failloit que le fer:
Mais l'hoste la me fist menger,
Fourreau & tout, sans friscasser,
Puis apres me convint penser
De repaistre, se fain avoye.
Rien n'y eust valu le tencer:
De leans partis sans monnoye.

L'ACTEUR.

Lendemain m'aloye enquerant
Pour encontrer Martin Gallant,
Droit en la salle du palays.
Rencontray pour mon premier mais,
Tout droit soubz la premiere porte,
Plusieurs mignons d'estrange sorte,

Qui sembloit bien à leur habit,
Qu'ilz fussent gens de grant acquit.
Lors vins pour entrer en la salle:
L'ung y monte, l'aultre devalle.
Là me pourmenoye de par Dieu,
Regardant l'estat de ce lieu:
Et quant je l'euz bien regardée,
Tant plus la veoye & plus m'agrée.
Je vis la tant de mirelificqués,
Tant d'ameçons, & tant d'afficqués,
Pour atraper les plus huppez:
Les plus rouges y sont gruppez.
A l'ung convient vendre sa terre,
Mais sans sentir là s'en desserre,
Partie ou peu en demourra,
Et tout ce que vaillant aura;
Cuydant destruyre son voysin,
De Poytou, ou de Lymousin,
Ou de quelque aultre nation.
Maint en est en destruction,
Et fault ains partir de leans,
Qu'ilz facent l'arquemye aux dens,
Ou emprunte qui a credit,
Tout ainsi que devant est dict.
Quant leur argent fort s'appetisse,
Lors leur est Repuë propice;
Et cerchent plus, n'en doubtez,
Hault & bas de tous cotez,
Comme l'on verra par demonstrance
En ce Traicté des Repuës franches.
Et quant au regard de plusieurs,
Aultres Repuës assez escriptes,
Affin qu'on preigne les meilleurs,
En lisant grandes ou petites,
Vous aurez maints moyens licites
Comme ilz ont esté happez,

Hault

Hault & bas par bonne conduicte,
De ceulx qui les ont attrappez.

LA PREMIERE REPUE DE VILLON ET DE SES COMPAIGNONS.

QUI n'a or, ne argent, ne gaige,
Comment peult il faire grant chere?
Il fault qu'il vive davantaige:
La façon en est coustumiere.
Sçaurions nous trouver maniere
De tromper quelq'ung pour repaistre?
Qui le fera sera bon maistre.
AINSI parloyent les compaignons
De Maistre FRANÇOYS VILLON,
Qui n'a vaillant deux ongnons,
Tentes, tapis, ne pavillons.
Il leur dist, Ne nous soucions:
Car aujourd'hui, sans nul deffault,
Pain & viande, à grant foyson,
Aurez avec du rost tout chault.

LA MANIERE COMMENT ILZ EURENT DU POYSSON.

ADONCQUES il leur demanda
Quelz viandes vouloyent menger?
L'ung de bon poysson souhaita,
L'autre demanda de la chair.
Maistre FRANÇOYS, ce bon archier,

Leur

Leur dist, Ne nous en soulciez :
Seullement voz pourpointz laschez,
Car nous aurons viandes assez.
Lors partit de ces compaignons,
Et vint à la poyssonnerie,
Et les laissa delà les pontz,
Quasy plains de melencolie.
Il marchanda à chere lye,
Ung pannier tout plain de poysson ;
Et sembloit, je vous certiffie,
Qu'il fust homme de grant façon.
Maistre Françoys fut diligent
D'achapter, non pas de payer,
Et qu'il bailleroit de l'argent
Tout comptant au porte-pannier.
Ilz partent sans plus plaidoyer,
Et passerent par Nostre-Dame,
Là où il vit le Penancier (a),
Qui confessoit homme ou femme.
Quant il le vit a peu de plait
Il luy dist, Monsieur, je vous prie,
Que despechez, s'il vous plaist,
Mon nepveu ; car je vous affie,
Qu'il est en telle resverie.
Vers Dieu il est fort negligent ;
Il est en telle melencolie,
Qu'il ne parle rien que d'argent.
Vrayement ce dit le Penancier,
Tres voulentiers on le fera.
Maistre Françoys print le pannier,
Et dit, Mon amy, venez ça ;
Vela qui vous depeschera
Incontinent qu'il aura faict.
Adonc Maistre Françoys s'en va,
A tout le pannier en effect.

QUANT

(a) Pénitencier.

QUANT le Penancier eut parfaict
De confesser la creature,
Gaigne-denier, par dit parfaict,
Acourut vers luy bonne alleure,
Disant, Monseigneur je vous asseure,
S'il vous plaisoit prendre loysir,
De me despecher à ceste heure,
Vous me feriez ung grant plaisir.

JE le vueil bien en verité,
Dist le Penancier, par ma foy.
Or dictes *Benedicité*,
Et puis je vous confesseray:
En apres je vous absouldray
Ainsi que je doi faire;
Puis penitence vous bauldra,
Qui vous sera bien necessaire.

QUEL confesser! dist le povre homme,
Fus-je pas à Pasques absoulz?
Que bon gré Sainct Pierre de Romme,
Je demande cinquante soulz.
Qu'esse-cy? A qui sommes nous?
Ma maistraisse est bien arrivée!
A coup, à coup, despechez vous:
Payez mon panier de marée.

HA! mon amy, ce n'est pas jeu,
Dist le Penancier seurement:
Il vous fault bien penser à Dieu,
Et le supplier humblement.
Que bon gré en ayt mon serment,
Dist cest homme sans contredit.
Despechez moy legierement,
Ainsi que le Seigneur a dit.

ALORS le Penancier vit bien,
Qu'il y eut quelque tromperie:
Quant il entendit le moyen,
Il congneut bien la joncherie.

Le povre homme, je vous affie,
Ne prisa pas bien la façon;
Car il n'eut, je vous certifie,
Or ne argent de son poysson.
MAISTRE FRANÇOYS, par son blason,
Trouva la façon & maniere
D'avoir marée à grant foyson,
Pour gaudir & faire grant chere.
C'estoit la mere nourriciere
De ceulz qui n'avoyent point d'argent.
A tromper devant & derriere
Estoit ung homme diligent.

LA MANIERE COMMENT ILZ EURENT DES TRIPPES.

QUE fist il à peu de plet?
S'advisa de grant joncherie:
Il fist laver le cul bien net
A ung gallant, je vous affie:
Disant qu'il convient qu'il espie
Quant sera devant la trippiere,
Monstrer son cul par raillerie;
Puis apres nous ferons grant chiere.
LE compaignon ne faillit pas,
Foy que doy Sainct Remy de Reins.
A Petit-Pont vint par compas,
Son cul descouvrit jusques aux rains.
Quant Maistre FRANÇOYS vit ce train,
Dieu sçet s'il fit piteuses lippes;
Car il tenoit entre ses mains
Du foye, du polmon, & des trippes.
COMME s'il fust plain de despit,

Et

Et courroucé amerement,
Il haulsa la main ung petit,
Et le frappa bien rudement
Des trippes par le fondement:
Puis, sans faire plus long quaquet,
Les voulut tout incontinent
Remettre dedans le baquet.
La trippiere ne les voulut reprendre.
Maistre Françoys, sans demourer,
S'en alla sans compte luy rendre.
Par ainsi vous povez entendre,
Qu'ilz eurent trippes & marée.
Mais apres fault du pain tendre,
Pour ce disner à grant risée.

La Maniere comment ilz eurent du Pain.

Il s'en vint chez ung boulanger,
Affin de mieulx fornir son train,
Contrefaisant de l'escuyer,
Ou maistre d'hostel, pour certain:
Et commanda, que tout souldain,
Cy pris, cy mis, on chapellast
Cinq ou six douzaines de pain,
Et que bien tost on se hastast.
Quant la moytié fut chappellé,
En une hotte le fist mettre.
Comment s'il fust de pres hasté,
Il pria & requist au maistre,
Qu'aucun se voulsist entremettre
D'apporter apres luy courant
Le pain chappellé en son estre,

Tandis

Tandis qu'on fist le demourant.
 Le varlet le mist sur son col,
Après Maistre Françoys le porte;
Et arriva, soit dur ou mol,
Empres une grant vieille porte.
Le varlet deschargea sa hotte,
Et fut envoyé tout courant,
Hastivement tenant sa hotte,
Pour requerir le demourant.
 Maistre Françoys, sans contredit,
N'attendit pas la revenuë.
Il eut du pain, par son edit,
Pour fornir sa franche Repuë.
Le boulenger sans attenduë
Revint, mais ne le trouva point.
Son maistre de dueil tressuë,
Qu'on l'avoit trompé en ce point.

La Maniere comment ilz eurent du Vin.

Apres qu'il fut forny de vivres,
Il fault avoir la memoire
Que s'ilz vouloyent ce jour estre yvres,
Il failloit qu'ilz eussent à boire.
Maistre Françoys, debvez croire,
Emprunta deux grans brocz de boys:
Disant qu'il estoit necessaire
D'avoir du vin par ambageoys.
 L'ung fist emplir de belle eaue clere,
Et vint à la pomme de pin,
Portant ses deux brocs sans renchere;
Demandant s'ilz avoient bon vin,

Et qu'on luy emplist du plus fin,
Mais qu'il fust bon & amoureux.
On luy emplist, pour faire fin,
D'ung tres bon vin blanc de Baigneux.
MAISTRE FRANÇOYS print les deux brocs,
L'ung apres l'autre les bouta;
Incontinent, par bon propos,
Sans se haster il demanda
Au varlet, Quel vin est cela?
Il luy dist, Vin blanc de Baigneux.
Ostez, ostez cela,
Car par ma foy point je n'en veulx.
Qu'esse cy? Estes vous bejaulne?
Vuidez moy mon broc vistement:
Je demande du vin de Beaulne,
Qui soit bon, & non aultrement.
Et en parlant, subtillement
Le broc qui estoit d'eaue plain,
Luy changea à pur & à plain.
Par ce point ilz eurent du vin.
PAR fine force de tromper,
Sans aller parler au devin,
Ilz repurent per ou non per.
Mais le beau jeu fut à souper,
Car Maistre FRANÇOYS, à brief mot,
Leur dist, Je me vueil occuper,
Que nous mangerons du rost.

LA MANIERE COMMENT ILZ EURENT DU ROST.

IL fut appointé qu'il yroit
Devant l'estal d'ung rotisseur,

Et de la chair marchanderoit,
Contrefaisant du gaudisseur;
Et, pour trouver moyen meilleur,
Faignant que point on ne se joue,
Il viendroit ung entrepreneur,
Qui luy bailleroit sur la joue.
Il vint à la rostisserie,
En marchandant de la viande.
L'autre vint de chere marrie,
Qu'est-ce que ce paillart demande?
Luy baillant une buffe grande,
En luy disant mainte reproche.
Quant il vit qu'il eut ceste offrande,
Empoigna du rost plaine broche.
Celuy qui bailla le soufflet
Fuist bien tost à motz expres.
Maistre Françoys, sans plus de plet,
A tout son rost courut apres.
Ainsi, saus faire long proces,
Ilz repurent de cueur devot,
Et eurent, par leur grant exces,
Pain, vin, chair, poisson, & rost.
Et pour la premiere Repuë,
Dont apres sera mention,
Bien digne d'estre ramentuë,
Et mise en revelation:
Et pourtant sans correction,
Affin que l'en en parle encore,
Comme nouvelle invention,
Redigée sera par memoire.
Or advint de coup d'aventure,
Que les suppostz devant nommez
Ne cherchoyent rien par droicture,
Que gens en richesses renommez.
Ung jour qu'ilz estoyent affamez,
En la porte d'un bon longis

Virent entrer, ſans eſtre armez,
Embaſſadeurs de loing pays.
Si penſerent à eulx comment
Ilz pourroyent pour l'heure repaiſtre:
Et, ſelon leur entendement,
L'ung d'eulx s'aprocha du maiſtre
D'hoſtel, & ſe fiſt acongnoiſtre;
Diſant qu'il luy enſeigneroit
Le hault, le bas marché, pour eſtre
Par luy conduyt, s'il luy plaiſoit.
Je croy bien que monſeigneur le maiſtre,
Qui du bas meſtier eſtoit tendre,
Fiſt ce gallant tres bien repaiſtre,
Et luy commenda charge prendre
De la cuyſine, d'y entendre,
Tant que leur train departira,
Et bien payera, ſans attendre,
A ſon gré, quant il s'en yra.
Lors s'en vint à ſes compaignons
Dire, Noſtre eſcot eſt payé.
Je ſuis ja l'ung des grans mignons
De leans & mieulx avoyé:
Car le maiſtre m'a envoyé
Par la ville pour ſoy ſortir;
Mais, ſe mon ſens n'eſt deſvoyé,
Bien brief je l'en feray repentir.
Va, luy dirent ſes compaignons,
Et eſguiſe tout ton engin
A nous rechauffer les rongnons,
Et nous fais boire de bon vin.
Paſſe tous les ſens Pathelin,
De Villon, & pauque denaire;
Car ſe venir peulx en la fin,
Paſſé feras maiſtre ordinaire.
Ce gallant vint en la maiſon,
Où eſtoyt logé l'Embaſſade,

Où les seigneurs, par beau blason,
Devisoyent rondeau ou ballade.
Il estoit miste, gent, & sade,
Bien abitüé, & bien empoint;
Robbe fourrée, pourpoint d'ostade:
Il entendoit son contrepoint.

Le principal Embassadeur
Aymoit ung peu le bas mestier,
Dont le gallant fut à honneur.
C'estoyt quasi tout son mestier,
Et luy compta que à son quartier
Avoit de femmes largement,
Qui estoyent, s'il estoit mestier,
A son joly commendement.

Le gallant fut entretenu
Par ce seigneur venu nouveau;
Et leans il fut retenu,
Pour estre fin franc macquereau.
Le jeu leur sembla si beau,
Aussi il fist si bonne mine,
Qu'il fut esleu sans nul appeau
Pour estre varlet de cuysine.

Les Embassadeurs convoyerent
Seigneurs & bourgeois à disner,
Lesquelz voulentiers y allerent
Passer temps, point n'en fault doubter.
Toutesfoys vous debvez sçavoir,
Quelque chose que je vous dye,
Que l'Embassadeur pour tout veoir
Craignoit moult fort l'Epidimie.

Ce gallant en fut adverty,
Qui non obstant fist bonne mine,
Et quant il fut pres de midi,
A l'heure qu'il est temps qu'on disne,
Il entra dedans la cuysine,
Manyant toute la viande,

Comme

Comme docteur en medecine,
Qui tient malades en commande.
TOUS les seigneurs le regarderent,
Son train, ses façons, & manieres;
Mais apres luy pas ne tasterent:
Aussi ne luy challoit-il gueres.
Apres il print les esguieres,
Le vin, le clairé, l'ypocras,
Darioles, tartes entieres:
Il tasta de tout par compas.
ET povez bien entendre son cas.
Quant il vit qu'il estoit saison,
A bien jouër ne faillit pas,
Pour faire aux seigneurs la raison:
Si bien que dedans la maison
Demoura tout seul pour repaistre,
Soustenant par fine achoison,
Qui se douloit du cousté destre.
LORS y avoit une couchette,
Où il failloit faire la feste;
Et n'a dent qui ne luy cliquette.
Là se mist commençant à braire,
Que l'en fuist au presbytaire,
Pour faire le prebstre acourir,
A tout dieu, & l'autre ordinaire,
Qui fault pour ung qui veult morir.
QUANT les seigneurs virent le prebstre,
Avec ses sacremens venir,
Chascun d'eulx eust bien voulu estre
Dehors; je n'en veulx point mentir:
Si grant haste eurent d'en sortir,
Que là demourerent les vivres,
Dont les compaignons du martir
Furent troys jours & troys nuytz yvres.
PAR ce point eurent la Repuë
Franche chascun des compaignons.

La finesse le prebstre l'a leuë,
Affin de complaire aux mignons;
Mais les seigneurs, dont nous parlons,
Eurent tous pour ce coup l'aubade:
Chascun d'eulx fut, que nous ne faillons,
De la grant peur troys jours malade.

LA SECONDE REPUE FRANCHE.

UNG lymousin vint à Paris,
Pour aulcun proces qu'il avoit.
Quant il partit de son pays,
Pas gramment d'argent il n'avoit;
Et toutesfoys il entendoit
Son faict, & avoit souvenance,
Que son cas mal se porteroit,
S'il n'avoit une Repuë franche.

CE lymousin, c'est chose vraye,
Qui n'avoit vaillant ung patart,
Se nommoit seigneur de Cambraye,
Sans qu'on le suyvist à son trac.
Plus rusé estoit qu'ung vieillart,
Et affamé comme ung vieil loup,
Avec monsigneur de Penessac,
Et le seigneur de la Mesou.

LES troys seigneurs s'en retournerent,
Car ilz estoyent tous d'ung quartier:
Et dieu sçait s'ilz se saluerent,
Ainsi qu'il en estoit mestier.
Toutesfoys ce bon escuyer
De Cambraye, propos final,
Fut esleu leur grant conseillier,
Et le governant principal.

Ilz conclurent, pour le meilleur,
Que ce bon notable ſeigneur
Yroit veoir s'il pourroit trouver
Quelque bon lieu pour ſoy loger;
Et ſelon qu'il trouveroit,
Aux aultres le racompteroit.
Or advint environ midy,
Qu'ilz eſtoient de faim eſtourdis,
S'en vint à une hoſtellerie,
En la ruë de la mortellerie,
Où pend l'enſeigne du Peſtel,
A bon logis & bon hoſtel,
Demandant s'on a que repaiſtre?
Ouy vrayment, ce diſt le maiſtre:
Ne ſoyez de rien en ſoucy,
Car vous ſerez tresbien ſervy,
De pain, de vin, & de viande.
Pas grant choſe je ne demande
Diſt le bon ſeigneur de Cambraye.
Il n'y a guere que j'avoye
Desjuné; mais toutesfoys
Si ay-je diſné maintesfoys,
Que n'avoye pas tel appetit.
Ce ſeigneur mengea ung petit,
Car il n'avoit guere d'argent:
Commendant, qu'il fuſt diligent,
D'avoir quelque choſe de bon,
Pour ſon ſoupper ung gras chapon,
Car il penſoit bien que le ſoir
Il devoit avec luy ſoupper
Des gentilz hommes de la court.
L'Hostesse fut bien à ſon court,
Car quant vint à compter l'eſcot,
Le ſeigneur ne diſt oncques mot,
Mais tout ce qu'elle demanda
Ce gentil homme luy bailla;

 Diſant,

Disant, Vous compterez par raison.
Boutant son sac soubz son esselle,
Et vint racompter la nouvelle
A ses compaignons, & comment
Il failloit faire saigement.
Il fut dit à peu de parolles,
Pour eviter grans monopolles,
Que le seigneur de Penessac
Yroit devant louër l'estat,
Et blasonner la suffisance
De ce seigneur; car, sans doubtance,
La chose le valoit tres bien.
Et pour trouver meilleur moyen,
Il menroit en sa compaignie,
En la maison la seigneurie.
Si vint demander à l'hostesse,
Se ung seigneur plain de noblesse
Estoit logé en la maison?
L'hostesse respondit que non,
Et que vrayement il n'y avoit
Q'ung lymousin, lequel debvoit
Venir au soir souper leans.
Ha! dist-il, dame de ceans,
C'est celuy que nous demandons.
Par ma foy, c'est le grant Baron,
Qui est arrivé au matin.
Je n'entens point vostre latin,
Dist l'hostesse. Vous parlez mal:
Il n'a jument ne cheval;
Il va à pied, par faulte d'asne.
Lors Penessac dit à la dame:
Il vient icy pour ung proces;
Il est appellant des exces,
Qu'on luy a faictz en Lymousin,
Et va ainsi de pied, affin
Que son proces soit plustost faict.

L'hostesse

L'hostesse le creut en effaict.
ALORS le seigneur de Cambraye
Arrive, & dieu sçait quel' joye
Ces deux seigneurs icy luy firent,
Et le genoil embas tendirent,
Aussi tost comme il fut venu.
Et par ce point il fut congneu,
Qu'il estoit seigneur honnorable.
LE bon seigneur si vint à table,
En tenant bone gravité.
Vis-à-vis, de l'autre costé,
S'assist le seigneur de l'hostel,
Et eurent du vin, Dieu sçait quel,
Il ne failloit point demander.
QUANT ce vint à l'escot compter,
L'hostesse assez hault comptoit,
Mais au seigneur n'en challoit,
Faignant qu'il fust tout plain d'argent.
LORS il dist, qu'on fust diligent
De penser faire les litz,
Car il vouloit en ce logis
Coucher. Puis apres par expres
Il print son sac à ses proces,
Et le bailla leans en garde,
Disant qu'on le contregarde.
Si de l'argent voulez avoir,
Il ne fault que le demander.
L'hostesse ne fut pas ingrate,
En disant, Je n'en ay pas haste:
N'espargnez rien qui soit ceans.
CES seigneurs coucherent leans
L'espace de cinq ou six moys,
Sans payer argent toutesfoys,
Non obstant ce qu'il demandoit
A son hostesse s'elle vouloit
Avoir de l'argent bien souvent;

 Mais

Mais il n'estoit point bien content
De mettre souvant main en bource.
L'hostesse n'estoit point rebource,
Et dist, Ne vous en soucyez:
Dieu merci, j'ay argent assez
A vostre commandement.

Ces mignons penserent comment
Ilz pourroyent retirer leur sac.
Et lors monseigneur de Penessac
Dist à ce baron de Cambraye,
Qu'il se boutast bien tost en voye,
Faignant qu'il est embesongné.

Ce seigneur vint tout refrongné
Vers l'hostesse par bon moyen,
Et luy dit, Mon cas va tres bien,
Mon proces est ce jourd'huy jugé,
A coup qu'il n'y ait plus songé.
Baillez moy mon sac, somme toute;
Car j'ay peur, & fays grant doubte,
Que les seigneurs soyent departis.

Il print son sac: Adieu vous dis,
Je reviendray tout maintenant.
Il s'en alla diligemment,
A tout ses proces & son sac.
Et le seigneur de Penessac,
Et de la maison (*a*), l'attendoyent:
Lesquelz seigneurs si s'esbatoyent
A recueillir les torcheculz
Des seigneurs qui estoyent venus
Aux chambres, & bien se pensoyent
Que à quelque chose servoyent.

Ilz osterent tous ces proces
De ce sac, & par motz expres
L'emplirent de ces torcheculz.

Puis

(*a*) De la Mesou, *comme ci-dessus.*

Puis au soir, quant furent venuz
A leur logis, fut mis en garde,
Et pour mieulx mettre en sauvegarde,
Il fut bouté, par grant humblesse,
Avec les robbes de l'hostesse,
Qui sentoyent le muglias.
 Au soir firent grant ralias.
Le lendemain, & fut raison,
De partir il fut saison,
Pour s'en aller sans revenir.
On cuydoit qu'ilz deussent venir
Lendemain soupper & disner,
Pour leurs offices resiner;
Mais ilz ne vindrent onques puis.
 Ilz faillirent cinq ou six nuitz,
Dont l'hostesse fut eschet & mac;
Car elle n'osoit ouvrir le sac,
Sans avoir le congé du juge,
Auquel avoit piteux deluge.
Tellement qu'il estoit necessaire,
Qu'on envoyast ung commissaire,
Pour ouvrir ce sac somme toute.
 Quant il est venu sans doubte,
Il lava ses mains à bonne heure,
De peur de gaster l'escripture,
Car à cela estoit expert.
Toutesfoys, ce sac fut ouvert;
Mais, quant il le vit si breneux,
Il s'en alla tout roupieux,
Cuydant que ce fust mocquerie;
Car il entendoit raillerie.
 Ainsi partirent ces seigneurs
De Paris, joyeulx en couraige.
De tromper furent inventeurs.
Cinq moys vesquirent d'aventaige:
De blasonner ilz firent raige.

Leur

Leur hoste fut par eulx vaincu :
Ilz ne laisserent, pour tout gaige,
Qu'ung sac tout plain de torchecu.

La Repue franche du Souffreteux.

OU prins argent qui n'en a point?
Remede vivre daventaige;
Qui n'a robbe ne pourpoint,
Que pourroit il laisser pour gaige?
Toutesfoys, qui auroit l'usaige
De dire quelque chansonnette,
Qui peust deffrayer le passaige,
Le payement ne seroit que honneste.

L'Acteur.

AINSI parloit ce Souffreteux,
Qui estoit fin de sa nature,
Moytié triste, moytié joyeulx.
Du palays partit bonne alleure,
En disant : Qui ne s'adventure,
Il ne fera jamais beau fait,
Pour pourchasser sa nourriture;
Car il estoit de faim deffaict.

Pour trouver quelque tromperie,
Le gallant se voulut haster.
En la meilleure hostellerie,
Ou taverne, s'alla bouter,
Et commença à demander,
S'on avoit rien pour luy de bon;
Car il vouloit leans disner,

Et

Et faire chere de façon.
Lors on demanda quelle viande,
Il failloit à ce pelerin?
Il respondit, Je ne demande
Q'une perdrix ou poussin,
Avec une pinte de vin
De Beaulne, qui soit frais tirée.
Et puis apres, pour faire fin,
Le cotteret & la bourrée.
Tout ce qui luy fut nécessaire
Le varlet luy alla querir.
Le gallant s'en va mettre à table,
Affin de mieulx se resjouyr,
Et disna là tout à loisir,
Mascant le sens, trenchant du saige;
Mais il falut, ains que partir,
Avoir ung morceau de fromaige.
Adonc, dist le clerc, Mon amy
Il fault compter, car vous avez,
Tout par tout sept soubz & demy,
Et convient que les me payez.

LE GALLANT.

JE ne sçay, comment les aurez,
Dist le gallant. Par Sainct Gille,
Je veulx bien que vous le saichez,
Je ne soustiens ne croix ne pille.

LE CLERC.

QUI n'a argent si laisse gaige,
N'est-ce pas le faict droicturier?
Voulez vous vivre davantaige,
Et n'avez maille ne denier?
Estes vous larron ne meurtrier?

Par

Par Dieu, ains que d'icy je hobe,
Vous me payerez pour abreger,
Ou vous y laisserez la robbe.

LE GALLANT.

QUANT est d'argent je n'en ay point,
Affin de le dire tout hault.
Comment! m'en iray-je en pourpoint,
Desnué comme ung marault?
Dieu mercy, je n'ay pas trop chault.
Mais, s'il vous plaisoit m'employer,
Je vous serviray sans deffault,
Jusques à mon escot payer.

LE CLERC.

ET comment? Que sçavez vous faire?
Dictes le moy tout plainement.

LE GALLANT.

QUOI? Toute chose necessaire.
Point ne fault demander comment.
Je gaige, que tout maintenant,
Que je chanteray ung couplet,
Si hault & si cler je me vant,
Que vous direz, Cela me plaist.

L'ACTEUR.

LORS le varlet, voyant ceci,
Fut content de ceste gaigeure,
Et pensa à luy mesmes ainsi,
Qu'il attendroit ceste adventure;
Il luy diroit, pour tous debats,

Qu'il

Qu'il payaſt l'eſcot bon alleure,
Car ſon chant ne luy plaiſoit pas.
L'accord fut dit, l'accord fut faict,
Devant tous, non pas en derriere.
 Lors le gallant tire de faict,
De dedans ſa gibeciere,
Une bource d'argent legiere,
Qui eſtoit pleine de Mereaulx;
Et chanta par bonne maniere
Haultement ces mots tous nouveaulx:
De ſa bourſe deſſus la table
Frappa, affin que je le notte,
Et comme choſe convenable,
Chanta ainſi à haulte notte,
 Il fault payer ſon hoſte.
Tout au long chanta ce couplet.
 Le varlet, eſtant coſte à coſte,
Reſpondit, Cela bien me plaiſt.
Toutesfoys, il n'entendoit pas,
Qu'il ne fuſt de l'eſcot payé:
Parquoy il failloit ſur ce pas;
De ſon ſens fut moult deſvoyé.
Devant tous fut notiffié,
Qu'il eſtoit gentil compaignon,
Et qu'il avoit, par ſon traicté,
Bien diſné pour une chanſon.
 C'est bien diſné, quant on rechappe,
Sans desbourcer pas ung denier,
Et dire adieu au tavernier,
En torchant ſon nez à la nappe.

LA

La Repue du Pelletier.

Ung jour advint qu'ung Pelletier
Espousa une belle femme,
Qui appetoit le bas mestier,
En faisant recorder la game.
Le Pelletier, sans penser blasme,
Ne s'en soussioit qu'ung petit:
Mieulx aymoit du vin une dragme,
Que coucher dedans ung beau lict.
Ung Curé, voyant cest affaire,
De la femme fut amoureulx,
Et pensa qu'a son presbytaire
Il maineroit ce maistre gueulx.
Il s'en vint à luy tout joyeulx,
A celle fin de le tromper,
En disant: Mon voysin, je veulx
Vous donner annuyt à soupper.
Le Pelletier en fut contant,
Car il ne vouloyt que repaistre,
Et alla tout incontinent
Faire grant chere avec le prestre,
Qui luy joua d'ung tour de maistre,
Disant, Ma robbe est deffourrée;
Il vous convient la main mettre
Affin qu'elle soit reffourrée.
Et bien, ce dist le Pelletier,
Monseigneur j'en suis content,
Mais que m'en vueillez payer;
Je suis tout vostre seurement.
Il firent leur appoinctement,
Qu'il auroit pour tout inventoire,

Dix solz tournois entierement,
Et du vin largement pour boire.
PAR ainsi qu'il la despecheroit,
Car il estoit necessaire;
Et que toute nuyt veilleroyt,
Avec son clerc au presbitaire.
Il fut content de ceste affaire.
Mais, le Curé les anferma
Soubz la clef, sans grant noyse faire;
Puis hors de la maison alla.
LE Curé vint en la maison
Du Pelletier, par ses fornettes,
Et trouva si bonne achoyson,
Qu'il fist tres bien ces besongnettes.
ILZ firent cent mille chosettes.
Car ainsi, comme il me semble,
Ce fourreur pour la Repuë franche,
Fut faict coqu bien fermement.
Et luy chargea la dame Blanche,
Qu'il y retournast hardiment;
Et que, par son sainct sacrement,
Jamais nul jour ne l'oublira,
Mais luy fera hebergement,
Toutes les foys qu'il luy plaira.
ET, pourtant, se donne soy garde
Chascun qui aura belle femme,
Qu'on ne luy jouë telle aubade,
Pour la Repuë. C'est grant diffame.
Quant il est sçeu, ce n'est que blasme,
Et reproche au temps advenir.
Vela de la Repuë grant gaigne;
Pourtant, ayez en souvenir.

La Repue franche des Gallans sans soulcy.

Une assemblée de compaignons,
Nommez les Gallans sans Soucy,
Se trouverent entre deux pontz
Près le Palays, il est ainsi.
D'aultres y en avoit aussi,
Qui aymoyent bien besoigne faicte,
Et estoient franc cueur aransi,
Et l'abbé de saincte souffrette.
Ces compaignons ainsi assemblez
Ne demanderent que repas;
D'argent ilz n'estoyent pas comblez,
Non pourtant ilz ne donnoyent pas.
Ilz se bouterent tous à tas,
A l'enseigne du plat d'estaing,
Ou ilz repurent par compas,
Car ilz en avoyent grant besoing.
Quant ce vint à l'escot compter,
Je croy que nully ne ce cource;
Mais le beau jeu est au païer,
Quant il n'y a denier en bource:
Nul d'eulx n'avoit chere rebourse.
Pour de l'escot venir au bout,
Dist ung gallant, de plaine source,
Il n'en fault q'ung pour payer tout.
Ilz appointerent tous ensemble,
Que l'ung d'iceulx on banderoit.
Par ainsi, selon que me semble,
Le premier qu'il empoigneroit,
Estoit dit que l'escot payeroit.

Mais

Mais en iceulx eut grant discord:
Chascun bendé estre vouloit,
Dont ne peurent estre d'acord.
LE varlet, voyant ces debatz,
Leur dit: Nul de vous ne s'esmoye;
Je suis content que par compas
Tout maintenant bandé je soye.
Les gallans en eurent grant joye,
Et le banderent en ce lieu:
Puis chascun d'eux si print la voye,
Pour s'en aller sans dire adieu.
LE varlet, qui estoit bandé,
Tournoit parmy la maison.
Il fut de l'escot prebendé
Par ceste subtile chaysion.
Affin d'avoir provision
De l'escot, l'hoste monte en hault.
Quant il vit ceste invention,
A peu que le cueur ne luy fault.
EN montant l'hoste fut happé,
Par son varlet sans dire mot:
Disant, Je vous ay attrapé;
Il fault que vous payez l'escot,
Ou vous laisserez le surcot.
Dequoy il ne fut pas joyeulx,
Cuydant qu'il fust mathelineux.
QUANT le varlet se desbenda,
Et la tromperie peult bien congnoistre,
Fut estonné quant regarda,
Et vit bien que c'estoit son maistre.
Pensés qu'il en eut belle lettre;
Car il parla lors à bas ton:
Et, pour sa peine, sans rien mettre,
Il eut quatre coups de baston.
AINSI furent, sans rien payer,
Les povres gallans delivrez

De la maison du tavernier,
Où ilz s'estoyent presque enyvrez
De vin qu'on leur avoit livrez,
Pour boire à plain gobelet,
Que paya le povre varlet.
ET ce soit vray ou certain,
Ainsi que m'ont dit cinq ou six,
Le cas advint au plat d'estain
Pres Sainct Pierre de Assis.
Bien escheoit ung grant mercis
A tout le moins pour ce repas,
Et si ne payerent pas.
AUSSI fut si bien aveuglé
Le povre varlet malheureulx,
Qui fut de tout cela sanglé,
Et faillust qu'il payast pour eulx.
Et s'en allerent tous joyeulx
Les mignons, torchant leur visaige,
Qui avoyent disné daventaige.

LA REPUE FAICTE AUPRES DE MONTFAULCON.

POUR passer temps joyeusement,
Racompter vueil une Repuë,
Qui fut faicte subtillement
Pres Montfaulcon; c'est chose sçeuë.
Et diray la desconvenuë,
Qu'il advint de fins ouvriers:
Aussi y sera ramentuë
La finesse de ces escolliers.
QUANT compaignons sont desbauchéz,
Ilz ne cerchent que compaignie.

Plusieurs

Plusieurs ont leurs vins vendangez,
Et beu quasy jusques à la lye.
Or advint que grant mesgnie
De compaignons se rencontrerent,
Et sans trouver la saison chere,
Chascun d'eulx se resjouyssoit,
Disant bons motz, faisant grant chere:
Par ce point le temps se passoit.
Mais l'ung d'eulx promis avoit
De coucher avec une garce,
Et aux aultres le racomptoit
Par jeu en maniere de farce.
Tant parlerent du bas mestier,
Qui fut conclud par leur façon,
Qu'ilz yroyent ce soir la coucher
Pres le gibet de Montfaulcon,
Et auroyent pour provision
Ung pasté de façon subtille,
Et meneroyent en conclusion
Avec eulx chascun une fille.
Ce pasté, je vous respons,
Fut faict sans demander qu'il coste,
Car il y avoit six chapons,
Sans la chair que point je ne boute.
On y eust bien tourné le coute,
Tant estoit grant, n'en doubtez.
Le prince des sotz, & sa routte,
En eussent esté bien souppez.
Deux escolliers, voyant le cas,
Qui ne sçavoyent rien de tromper,
Sans prendre conseil d'advocatz,
Ilz se voullurent occuper,
Pensant à eulx comme atrapper
Les pourroyent d'estoc ou de henche,
Car ilz vouloyent ce soir soupper,
Et avoir une Repuë franche.

Sans aller parler au devin,
L'ung prist ce pasté de façon,
L'autre emporta ung broc de vin,
Du pain assez selon raison,
Et allerent vers Montfaulcon,
Ou estoit toute l'assemblée:
Filles y avoit à foyson,
Faisant chere desmesurée.

Aussi juste comme l'orloge,
Par devis & par bonne maniere,
Ilz entrerent dedans leur loge,
Esperant de faire grant chiere,
Et tasterent devant & derriere
Les povres filles hault & bas.

Les escolliers, sans nulle fable,
Voyant ceste desconvenuë,
Vestirent habitz de diable
Et vindrent là sans attenduë.
L'ung un croc, l'aultre une massuë,
Pour avoir la franche Repuë,
Vindrent assaillir les gallans,
Disant, à mort, à mort, à mort!

Prenez, à ces chesnes de fer,
Ribaulx, putains, par desconfort,
Et les amenez en enfer.
Ilz seront avec Lucifer,
Au plus parfond de la chauldiere;
Et puis, pour mieulx les eschauffer,
Gettez seront en la riviere.

L'ung des gallans, pour abbreger,
Respondit, Ma vie est finée:
En enfer me fault hebergier;
Vecy ma derniere journée.
Or suis bien ame dampnée:
Nostre peché nous a attains;
Car nous yrons, sans demourer,
En enfer avec ces putains.

SE vous les euſſiez veu fouïr,
Jamais ne viſtes ſi beau jeu,
L'ung à mont, l'autre à val, courir:
Chaſcun d'eulx ne penſoit qu'a Dieu.
Ilz s'en fouïrent de ce lieu,
Et laiſſerent pain, vin, viande,
Criant Sainct Jehan & Sainct Mathieu,
A qui ilz feroyent leur offrande.
NOZ eſcolliers, voyant cecy,
Non obſtant leur habit de diable,
Furent alors hors de ſoulcy,
Et s'aſſirent treſtous à table:
Et Dieu ſçait ſi firent la galle
Entour le vin & le paſté,
Et repeurent pour fin finalle
De ce qui eſtoit appreſté.
C'EST bien trop qui rien ne paye,
Et qui peut vivre d'adventaige,
Sans desbourcer or ne monnoye.
En uſant de joyeulx langaige,
Les eſcolliers, de bon couraige,
Paſſerent temps joyeuſement,
Sans payer argent ne gaige,
Et ſi repeurent franchement.
SE vous voullez ſuyvre l'eſcolle
De ceulx qui vivent franchement,
Liſez en ceſtuy prothecolle,
Et voyez la façon comment.
Mettez y voſtre entendement
A faire comme ilz faiſoyent;
Et s'il n'y a empeſchement,
Vous vivrez comme ilz vivoyent.

FIN DES
REPUES FRANCHES
de Maiſtre
FRANÇOYS VILLON.

S'ENSUIT

LE

MONOLOGUE

DU

FRANC-ARCHIER

DE

BAIGNOLLET,

AVEC SON EPITAPHE.

C'EST à meshuy, j'ai beau corner,
Or ça il s'en fault retourner,
Maulgré ses dentz, en sa maison.
Si ne vis-je pieça saison,
Ou j'eusse si hardy couraige
Que j'ay. Par la mor bieu j'enraige,
Que je n'ay à qui me combattre.
Y-a-il homme qui à quatre,
Dy-je, y-a-il quatre qui veullent
Combatre à moy? Se tost recueillent
Mon gantelet: vela pour gaige.
Par le sang bieu, je ne crains paige,
S'il n'a point plus de quatorze ans.

J'ay

J'ay autresfoys tenu les rencz,
Dieu mercy, & gaigné le pris,
Contre cinq Angloys que je pris,
Povres prisonniers desnuez.
Si tost que je les eu ruez,
Ce fut au siege d'Alençon,
Les troys se mirent à rançon,
Et le quatriesme s'enfuit.
Incontinent que l'autre ouyt
Ce bruit, il me print à la gorge.
Se je n'eusse crié Sainct George,
Combien que je suis bon Françoys,
Sang bieu, il m'eust tué ançoys
Que personne m'eust secouru.
Et quant je my senty feru
D'une bouteille qu'il cassa
Sur ma teste, Venez va ça,
Dis-je lors, que chascun s'appaise:
Je ne quiers point faire de noise;
Ventre bieu, & beuvons ensemble.
Posé soit ores que je tremble,
Sang bieu, je ne vous crains pas maille.

Cy dit ung quidem, par derriere les Gens,

COQUERICOQ.

QU'ESSE cy? J'ay ouï poullaille
Chanter chez quelque bonne vielle.
Il convient que je la resveille:
Poullaille font icy leurs nidz.
Cest du demourant d'Ancenys,
Par ma foy, ou de Champ toursé.
Helas! que je me vis coursé
De la mort d'ung de mes nepveux.
J'euz d'ung canon par les cheveux,

Qui me vint cheoir tout droit en barbe:
Mais je m'escriay, Sainćte Barbe,
Vueille moy ayder à ce coup,
Et je t'ayderay l'autre coup.
Adonc le canon m'esbransla,
Et vint ceste fortune là,
Quant nous eusmes le fort conquis.
Le Baronnat & le Marquis,
Cran curso l'Aigle & Bressoyere,
Acoururent pour veoir l'histoire,
La Rochefouquault l'Amiral,
Aussi Benil son atirail,
Pontievre, tous les capitaines
Y deschausserent leurs mitaines
De fer, de peur de m'affoler,
Et si me vindrent acoler
A terre ou j'estoye meshaigné.
De peur de dire il n'a daigné,
Combien que je fusse malade,
Je mis la main à la salade,
Car elle m'estouffoit le visaige,
Ha! dist le Marquis, ton outraige
Te fera une foys mourir;
Car il m'avoit bien veu courir
Oultre l'ost devant le chasteau.
Helas! g'y perdy mon manteau,
Car je cuidoye d'une poterne,
Que ce fust l'huys d'une taverne,
Et moy tantost de pietonner.
Car quant on oyt clarons sonner,
Il n'est couraige qui ne croisse,
Tout aussi tost, ou esse? ou esse?
Et a brief parler je m'y fourre,
Ne plus ne moins qu'en une bourre.
Si ce n'eust esté la brairie
Du costé devers la prairie,

Qui

Qui disoit, Pierre que faictes vous ?
De nos gens qui crioient trestous,
N'assaillez pas la basse court,
Tout seul je l'eusse prins tout court
Certes, mais s'eust esté outraige :
Et ce n'eust esté ung paige,
Qui nous vint trencher le chemin
Mon frere d'armes Guillemin
Et moy, Dieu luy pardoint pourtant,
Car quoy ! il nous en pend autant
A l'œil, nous eussions sans nulle faille,
Frappé au travers la bataille
Des Bretons, mais nous apaisames
Noz couraiges & recullames.
Que dy-je ? non pas reculer,
Chose dont on doybve parler.
Ung rien jusque au lyon d'Angiers,
Je ne craignoye que les dangiers
Moy, je n'avoye peur d'aultre chose :
Et quant la bataille fut close
D'artillerie grosse & gresle,
Vous eussez ouy pesle, mesle,
Tip, tap, sip, sap, à la barriere,
Aux esles, devant & derriere.
J'en eu d'ung parmy la cuirace.
Les dames, qui estoyent en la place,
Si ne craignoyent que le coullart.
Certes j'estoye bien paillart :
J'en avoye ung si portatif,
Se je n'eusse esté si hastif
De mettre le feu en la pouldre,
J'eusse destruit & mis en fouldre
Toute quanque avoit de damoiselles.
Il porte deux pierres jumelles
Mon coullart, jamais n'en a moins.
Et dames de joindre les mains,

Quant

Quant ilz virent donner l'aſſault.
Les ungs ſi ſervoyent du courtault
Si dru, ſi net, ſi ſec que terre,
Et puis quoy ? Parmy ce tonnerre
Vous euſſiez ouy ſonner trompilles,
Pour faire dancer jeunes filles,
Au ſon du courtault haultement.
Quant g'y penſe, par mon ſerment,
C'eſt vaine guerre qu'avec femmes,
J'avoye tousjours pitié des dames,
Veu qu'ung courtault treſperce ung mur.
Ilz auroyent le ventre bien dur,
S'il ne paſſoit oultre; penſez
Qu'on leur euſt faict du mal aſſez,
Se l'en n'euſt eu noble couraige.
Meſmes ces pehons de villaige,
J'entens pehons de plat pays,
Ne ſe fuſſent point eshabis
De leur mal faire, mais nous ſommes
Tousjours entre nous gentilz hommes
Au guet deſſus la villenaille.
J'etoye pardeça la bataille,
Tousjours la lance, ou boutaille
Sur la cuiſſe: c'eſtoit merveille,
Merveille de me regarder.
Il vint ung Breton eſtrader
Qui faiſoit rage d'une lance:
Mais il avoit de jeune enfance
Les rains rompus; c'eſtoit dommaige.
Il vint tout ſeul par ſon oultrage
Eſtrader par mont & par val,
Pour bien pourbondir ung cheval,
Il faiſoit feu, voire & flambe:
Mais je luy tranchy une jambe
D'ung revers juſques à la hanche;
Et fis ce coup là au Dimenche.

Que

Que dy-je? Ung lundy matin:
Il ne servoit que de satin,
Tant craignoit à grever ses reyns.
Voulentiers frappoit aux chamfrains
D'ung cheval, quant venoit en jouste,
Ou droit à la queue sans doubte.
Point il ne frappoit son roussin,
Pource qu'il avoit le farcin,
Que d'ung baston court & noailleux,
Dessus sa teste & cheveulx,
De peur de le faire clocher.
Aussi, de peur de tresbucher,
Il alloit son beau pas, tric, trac:
Et ung grant panon de bissac
Voulentiers portoit sur sa teste.
D'ung tel homme fault faire feste,
Autant que d'ung million d'or.
Gens d'armes, c'est ung grant tresor,
S'il vault riens il ne fault pas dire.
J'ay fait raige avec la Hire.
Je l'ay servy trestout mon aage:
Je fus gros vallet, & puis page,
Archier, & puis je pris la lance,
Et là vous portoye sur la pense,
Tousjours troussé comme une coche.
Et puis monseigneur de la Roche,
Qui Dieu pardoint, me print pour paige.
J'estoye gent & beau de visaige:
Je chantoye & brouilloye des flustes,
Et si tiroye entre deux butes.
A brief parler, j'estoye ainsi
Mignon comme cest enfant cy:
Je n'avoye gramment plus d'aage.
Or ça, ça, par ou assauldray-je
Ce coc que j'ay ouy chanter?

A petit parler, bien vanter,
Il fault assaillir cest hostel.

Adonc apperçoit le Franc-Archier ung Espoventail de Cheneviere, faict en façon d'ung Gendarme, Croix blanche devant, & Croix noire derriere, en sa Main tenant une Arbaleste.

HA! le sacrement de l'autel!
Je suis affoibli, qu'esse c'y?
Ha! monseigneur, pour Dieu! mercy.
Hault le trait, qu'aye la vie franche.
Je voy bien, à vostre croix blanche,
Que nous sommes tout d'ung party.
Dont tous les diables est il sorty
Tout seulet ainsi effroyé?
Comment estes vous desvoyé?
Mettez jus, je gage l'amende:
Et, pour Dieu, mon amy, desbende,
Au hault, ou au loing, ton baston.

Adonc il advise sa Croix noire.

Par le sang bieu, c'est ung Breton,
Et je dy que je suis Françoys,
Il est fait de toy ceste foys,
C'est, Pernet, du party contraire.
Hen Dieu! & ou voulez vous traire?
Vous ne sçavez pas que vous faictes.
Dea je suis Breton, si vous l'estes.
Vive Sainct Denis, ou Sainct Yve!
Ne m'en chault qui, mais que je vive.
Par ma foy, monseigneur mon maistre,
Se vous voulez sçavoir mon estre,

Ma

Ma mere fut née d'Anjou,
Et mon pere je ne ſçay d'ou,
Sinon que j'ouy reveller,
Qu'il fut natif de Mompelier.
Comment ſçauray-je voſtre nom?
Monſeigneur Rollant, ou Yvon,
Mort ſeray, quant il vous plaira.
Et comment! il ne ceſſera
Meshuy de me perſecuter,
Et ſi ne me veult eſcouter.
En l'honneur de la paſſion
De Dieu, que j'aye confeſſion;
Car je me ſens ja fort malade.
Or, tenez, vela ma ſalade,
Qui n'eſt froiſſée ne couppée:
Je la vous rens, & mon eſpée,
Et faictes prier Dieu pour moy.
Je vous laiſſe ſur voſtre foy
Ung vœu que je doibs à Sainct Jacques.
Pour le faire, prendrez mon jacques,
Ma ceinture, & mon cornet.
Tu meurs bien maulgré toy, Pernet,
Voire maulgré toy & à force,
Puis qu'endurer fault, ceſſe force.
Priez pour l'ame, s'il vous plaiſt,
Du Franc-Archier de Baignolet,
Et m'eſcripvez à ung paraphe
Sur moy ce petit Epithape.

EPITAPHE DU FRANC-ARCHIER.

Cy giſt Pernet, Franc-Archier,
Qui cy mourut ſans deſmarcher,
Car de fuir n'eut onc eſpace:

Lequel

Lequel Dieu, par sa saincte grace,
Mette es cieulx avecques les ames
Des Francs-Archiers, & des Gens-d'Armes,
Arriere des Arbalestriers.
Je les hay tous; ce sont meurdriers:
Je les congnois bien de pieça.
Et mourut l'an qu'il trespassa.

VELA tout: les motz sont tres beaux.
Or vous me lairrez mes hoseaulx;
Car se j'alloye en paradis
A cheval, comme fist jadis
Sainct Martin, & aussi Sainct George,
J'en seroye bien plus prest. Or je
Vous laisse gantelet & dague,
Car, au surplus, je n'ay plus bague,
Dequoy je me puisse deffendre.
Attendez, me voulez vous prendre
En desaroy? Je me confesse
A Dieu, tendis qu'il n'y a presse,
A la Vierge, & à tous les Sainctz.
Or meurs-je les membres tous sains,
Et tout en bon point, ce me semble.
Je n'ay mal, si-non que je tramble,
De peur, & de malie froidure.
Et de mes cinq sens de nature.
Cinq cens, ou prins qui ne les emble.
Je n'en veiz onques cinq cens ensemble,
Par ma foy, n'en or, n'en monnoye.
Pour neant m'en confesseroye,
Oncques ensemble n'en veiz deux.
Et de mes sept pechez mortelz,
Il fault bien que m'en supportez:
Sur moy je les ay trop portez.
Je les metz jus avec mon jacques.
J'eusse attendu jusques à pasques,

Mais

Mais vecy ung avancement,
Et du premier Commendement
De la Loy, qui dit qu'on doibt croire,
Non pas l'estoc quant on va boire,
Cela s'entend en ung seul Dieu.
Jamais ne me trouvay en lieu
Ou j'y creusse mieulx qu'a ceste heure;
Mais qu'a ce besoing me secueure.
Ne desbendez, je ne me fuys:
Helas! je suis mort où je suis.
Je suis aussi simple, aussi coy,
Comme une pucelle, car quoy?
Dit le second Commendement,
Qu'on ne jure Dieu vainement.
Non ay-je, en vain, mais très ferme,
Ainsi que fait ung bon gendarme;
Car il n'est rien craint, s'il ne jure.
Le tiers nous enjoingt & procure,
Et advertist & admonneste,
Que on doit bien garder la feste,
Tant en hyver que en esté.
J'ay tousjours faict voulentiers feste;
De ce ne mentiray-je point.
Et le quatriesme nous enjoingt,
Qu'on doit honnorer pere & mere.
J'ay tousjours honnoré mon pere,
En moy congnoissant gentilhomme
De son costé, combien qu'en somme
Sois villain, & de villenaille.
Et pour Dieu, mon amy, que j'aille
Jusques Amen. Misericorde!
Relevez un peu vostre corde:
Ferez que le traict ne me blesse.
Item, morbieu, je me confesse
Du cinquiesme, sequentement.
Deffend-il pas expressement,

Que nul ſi ne ſoit point meurtrier?
Las! Monſeigneur l'Arbaleſtrier,
Gardez bien ce Commendement.
Quant à moy, par mon ſacrement,
Meurdre ne fis onc qu'en poullaille.
L'aultre Commendement nous baille,
Qu'on n'emble rien. Ce ne fis oncque;
Car en lieu n'en place quelquoncque
Je n'euz loyſir de rien embler:
J'ay aſſez à qui reſſembler.
En ce point je n'ay point meſfait;
Car ſe l'en m'euſt pris ſur le fait,
Dieu ſçet comme il me fuſt meſcheu.

Cy laiſſe tomber à terre l'Eſpoventail celluy qui le tient.

LAS! Monſeigneur, vous eſtes cheu!
Jeſus! & qui vous a bouté?
Dictes: ce n'ay-je pas eſté,
Vrayement, ou Diable ne m'emporte.
Au cas, dictes, je m'en raporte,
A tous ceulz qui ſont cy, beau Sire,
Affin que ne vueillez pas dire,
Que ſe demain ou pour demain.
Au fort, baillez moy voſtre main;
Je vous ayderay à lever.
Mais, ne me vueillez pas grever:
J'ay pitié de voſtre fortune.

Cy apperçoyt le Franc-Archier, de l'Espoventail que ce n'est pas ung Homme.

PAR le corps bieu, j'en ay pour une!
Il n'a pié ne main, il ne hobe.
Par le corps bieu! c'est une robe
Plaine, de quoy? char bieu de paille.
Qu'esse-cy? Mort bieu, on se raille,
Ce cuiday-je, des gens de guerre!
Que la fievre quartaine serre
Celluy qui vous a mis icy.
Je le feray le plus marry,
Par la vertu bieu, qu'il fut oncques.
Se mocque-on de moy quelconques?
Et ce n'est, j'advoue Sainct Pierre,
Qu'un Espoventail de cheneviere,
Que le vent a cy abatu.
La mort bieu! vous serez batu,
Tout au travers, de ceste espée.
Quant la robbe seroit couppée,
Ce seroit ung tres grant dommaige.
Je vous emporteray pour gaige.
Toutesfoys, apres tout hutin,
Au fort ce sera mon butin,
Que je rapporte de la guerre.
On s'est bien raillé de toy, Pierre.
La char bieu saincte & beniste!
Vous eussiez eu l'assault bien viste,
Se j'eusse sçeu vostre prouesse.
Vous eussiez tost eu la renverse,
Voire quelque paour que j'en eusse.
Or pleust à Jesus que je fusse
Atout cecy en ma maison!
Qu'il poise! a mengié à foison

De paille. Elle chiet par derriere.
C'eſt paine pour la chamberiere
De la porter hors de ce lieu.
Seigneurs, je vous commend à Dieu:
Et ſe l'on vous vient demander,
Qu'eſt devenu le Franc-Archier,
Dictes qu'il n'eſt pas mort encor
Et qu'il emporte dague & cor,
Et reviendra par cy de brief.
Adieu, je m'en vois au relief.

FIN DU

MONOLOGUE

DU

FRANC-ARCHIER DE BAIGNOLLET.

DIA-

DIALOGUE

De Messieurs de Mallepaye & de Baillevant.

B. Monsieur de Baillevant. M. Quoy ?
B. De neuf. M. On nous tient en aboy.
Comme despourveux malureux.
B. Si j'avoye autant que je doy,
Sang bieu je seroye chez le Roy,
Un page apres moy, voyre deux.
M. Nous sommes francs. B. Adventureux.
M. Riches. B. Bien aisés. M. Plantureux.
B. Voire de souhais. M. C'est assez.
B. Gentilz hommes. M. Hardis. B. Et preux.
M. Par l'huys. B. Du joly souffreteux.
M. Heritiers. B. De gaiges cassez.
M. Nous sommes puis troys ans passez.
Si mainces. B. Si mal compassez.
M. Si simples. B. Ligiers comme vent.
M. Si esbaudiz.
B. Si mal tapiz.
M. De donner pour Dieu dispensez,
Car nous jeusnons assez souvent.
B. Hée, Monsieur de Mallepaye,
Qui peult trouver soubz quelque amant
Deux ou troys mille escus : quelle proye !
M. Nous ferions bruyt. B. Toutalesment.
M. Le quartier en vault l'arpent.

 B. Par-

B. Pardieu, Monſieur de Mallepaye.
M. Je eſcriptz contre ces murs. B. Je raye,
Puis de charbon, & puis de croye.
M. Je raille. B. Je fays chere a tous,
M. Nous avons beau coucher en raye,
L'oreille au vent, la gueulle baye,
On ne faict point porchatz de nous.
B. Helas! ferons-nous jamais ſoulx?
M. Il ne fault que deux ou troys coups,
Pour nous remonter. B. Doux.
M. Droictz. B. Drutz.
M. Pour fringuer. B. Pour porter le houx.
M. Gens. B. A dire dont venez vous?
De feriez tous recreux.
M. Francs. B. Fins. M. Froictz. B. Fors. M. Grans.
B. Gros. M. Eſcreux.
B. Et s'ilz n'avions nulz biens acreux.
M. Nous debvons. B. On nous doibt. M. Fourraige.
B. Entretenus. M. Comme poux creux.
B. Jurons ſang bieu, nous ſerons creux
Arriere piettons de village.
M. Ne ſuis-je pas beau perſonnaige?
B. J'ay train de ſeigneur. M. Pas de ſaige.
B. Reſſourdant. M. Comme bel alain.
B. Pathelin en main. M. Dire raige.
B. Et par la mort bieu c'eſt dommaige,
Que ne mettons villains en run.
M. Hée cinq cens eſcus. B. C'eſt egrun.
M. Quant j'en ay, j'en offre à chaicun,
Et ſuis bien aiſe quant j'en preſte.
B. Mes rentes ſont ſur le commun,
Mais povres gens n'en ont pas ung,
Je m'y romperoye pour neant la teſte.
M. S'il nous povoyt venir quelque enqueſte,
Quelque mandement ou requeſte,

Ou

Ou quelque bonne commiſſion!
B. Mais en quelque banquet honneſte
Faire acroire à ceſt ou à ceſte,
La Pramatique Sanction.
M. Et ſi elle y croit? B. Promiſion.
M. Si elle promect. B. Monicion.
M. Si on l'admoneſte. B. Que on marchande.
M. Si on faict marché. B. Fruiction.
M. Se on fruict. B. La petition,
En forme de belle demande
D'ung beau cent eſcus. M. Quel' viande!
B. Qui l'auroit quant on la demande,
On feroit. M. Quoy! B. Feu. M. St. Jehan voire.
B. On tauxeroit bien groſſe admende
Sur le faict de ceſte demande,
Se j'en quictoye le petitoire.
M. Quel bien! B. Quel heur! M. Quel acceſſoire!
B. Je me raffroichiz la memoire,
Quant il m'en ſouvient. M. Quel plaiſir!
B. Se on nous bailloit, par inventoire,
Deux mil eſcuz en une armoire,
Ilz n'auroient garde de y moyſir.
M. Qui peult prendre. B. Qui peult choiſir.
M. Gaigner. B. Eſpargner. M. Se ſaiſir.
Nous ſerions par tout bien venuz.
B. Ung ſonge. M. Mais quel? B. De plaiſir.
M. Nous prendrons ſi bien loiſir
De compter ne ſçay quantz eſcuz.
B. Nous ſommes bien entretenuz.
M. Aymez. B. Portez. M. Et ſouſtenuz.
B. De nos parens. M. De bonne race.
B. Rentes aſſez & revenuz:
Et ſi apreſent n'en avons nulz,
Ce n'eſt que malheur qui nous chaſſe.

M. Je n'en faix compte. B. Se reimasse.
M. Je volle par coups. B. Je tracasse,
Puis au poil, puis à la plume.
M. Je gaudis, & si je rimasse.
Que roulez vous, il tient que ad ce
Que je ne l'ay pas de coustume.
B. D'honneur assez. M. Chascun en hume.
B. Je destains le feu. M. Je la hume.
B. Je mesbas. M. Je passe mon dueil.
B. Le plus souvent, quant je me fume,
Je batteroye comme fert d'enclume,
Si je me trouvoye tout seul.
M. Je ris. B. Je bave sur mon seuil.
M. Je donne à quelque une ung guin dueil.
B. Je m'esbas à je ne sçay quoy.
M. J'entretiens. B. Je faiz bel acueil,
M. On me fait ce que je vueil,
Quant nous sommes mon paige & moy.
B. Je ne demande qu'avoir de quoy
Belle amye, & vivre à requoy,
Faire tousjours bonne entreprise,
Belles armes, loyal au Roy.
M. Mais, trois poulx rempans en aboy,
Pour le gibier de la chemise.
B. Je porteroye pour devise
La marguerite en or assise,
Et le houlx par tout estandu.
M. Vostre cry, quel? B. Nouvelle guise.
M. Riens en recepte, tant en mise,
Et toute somme, Item perdu.
B. Je vous feroye au residu
Gorgias sur le hault verd
Le bel estomac d'alouette.
M. Robbe. B. De gris blanc gris perdu,
Bien emprunté, & mal rendu,
Payé d'une belle estiquette.

M. Puis,

M. Puis, la chaine d'or, la baguette,
Le latz de ſoye, la cornette,
De velours, ce bel affiquet.
B. Quant nous aurions fait noſtre emplete,
La porte ſeroit bien eſtroicte,
Se nous ne paſſions juſques au ticquet.
M. Necteler. B. Gorgias. M. Friquet.
B. De vert. M. Tousjours quelque bouquet,
Selon la ſaiſon de l'année.
B. Et de paige? M. Quelque naquet.
B. S'il vient haſart en ung banquet.
M. Le prendre entre bond & volée.
B. Aux ſurvenans. M. Chere meſlée.
B. Aux povres duppes. M. La havée.
B. Et aux ruſtes. M. Le jobelin.
B. Aux mignons de court. M. L'accollée.
B. Aux gens de meſmes. M. La riſée.
B. Et aux ouvriers. M. Le Pathelin.
B. D'entretenir. M. Damoiſelin.
B. Et ſaluer. M. Bas comme luy.
B. Et diviſer. M. Motz tous nouveaulz.
B. Pour contenter le femenyn,
Nous ferions plus d'ung eſclin,
Que ung aultre de quinze Royaulx.
M. Hée cueurs joyeulx. B. Hée cueurs loyaulx.
M. Preſtz. B. Prins. M. Prompts. B. Preux.
M. Eſpeciaulx.
B. Aymez. M. Supportez. B. Bien reçeuz.
M. Nous devrions paſſer aux ſçeaulx
Envers les officiers royaulx,
Comme meſſieurs les deſpourveux.
B. De congnoiſſance avons aſſez.
M. On nous a veux. B. Si francs, ſi doulx.
M. Helas! cent eſcuz nous ſont deubz.
B. Au fort, ſi nous les euſſions euz,
On ne tient plus compte de nous.

M. Nous avons faict plaisir à tous.
B. Chere à dire dont venez vous.
M. Emerillonez. B. Advenans.
M. Cent escuz & juger des coups,
On auroit beau mettre aux deux bouz,
Se ne nous tenions des gaignans.
B. Nous sommes deux si beaulx gallans.
M. Fringans. B. Bruyans. M. Allans. B. Parlans.
M. Esmeux de franche volunté.
B. Aagez de sens. M. Et jeunes d'ans.
B. Bien guetz. M. Assez recreans.
B. Povres d'argent. M. Prou de santé.
B. Chascun de nous est habité.
M. Maison à Paris. B. Bien monté,
Aussi bien aux champs que en la ville.
M. Il y a ceste malheurté,
Que de l'argent que avons presté
Nous n'en arions croix ne pille.
B. Ou sont les cent & deux cens mille
Escus, que nous avions en pille,
Quant chascun avoit bien du sien?
M. Au fort, ce nous n'en avons mille,
Nous sommes selon l'Evangille
Des bien-heureulx du temps ancien.
B. J'aymasse mieulx, qu'il n'en fust rien.
M. Trouvons-en par quelque moyen.
B. Qu'en a à present. M. Je ne sçay.
B. Hé ung angin parizien.
M. Art Lombart. B. Franc praticien,
Pour faire a present ung essay.
M. Je vis le temps que j'avanssay
L'argent de chose, & adressay
Tel & tel & tel benefice.
B. Et mais moy, quant je commence
Monseigneur tel, & luy pourchasse

Moy

Moy mesmes tout seul son office.
M. J'ay esté tousjours à tout propice,
Mais je crains. B. Et quoy? M. Qu'avarice
Nous surprint si devenyons riches.
B. Riches, quoy! Ceste faulce lisse
Pouvreté nous tient en sa lisse.
M. C'est ce qui nous faict estre chiches.
B. Nous sommes legiers. M. Comme biches,
B. Rebondis, comme belles miches.
M. Et frayzés comme beaulx ongnons.
B. Aussi coutellez. M. Comme chiches.
B. Adventureux. M. Comme Suysses
A Nancy sur les Bourguygnons.
B. Entre les gallans. M. Compaignons.
B. Entre les gorgias. M. Mignons.
B. Entre gens d'armes. M. Courageux.
B. S'on barguigne. M. Nous barguignons.
B. Heureulx. M. Comme beaulx champignons,
Mis sus en ung jour ou en deux.
B. Nous sommes les adventureux,
Despourveuz. M. D'argent. B. Planteureux.
M. De nouvelles plaisantes. B. Tant.
M. Pour servir princes. B. Curieux.
M. Et pour les mignons. B. Gracieulx.
M. Et pour le commun. B. Tant à tant.
M. Hée, Monsieur de Baillevant,
Quant reviendra le bon temps?
B. Quant? Quant chascun aura ses souhais.
M. Cent mille escus argent content,
Sur ma foy, je seroye content,
Qu'on ne parlast plus que de paix.
B. Nous sommes si francs. M. Si parfaiz.
B. Si sçavans. M. Si caux en nos faiz.
B. Si bien nez. M. Si preux. B. Si hardis.
M. Saiges. B. Subtilz. M. Advisez. B. Mais.
M. Faulte d'argent, & les grans presz,

Nous

Nous ont ung peu appaillardis.
B. Habandonnez. M. Comme hardis.
B. Requis. M. Comme les gras mardis.
B. Et fiers. M. Comme ung beau pet en baing.
B. J'ay dueil, que vieulx villains tarnys
Soient d'or & d'argent si garnis,
Et mignons en ont tant besoing.
M. Nous avons froit. B. Chault. M. Faim. B.
Soif. M. Soing.
B. Nous traccassons. M. C'a. B. La. M. Pres.
B. Loing.
M. Sans prouffit. B. Sans quelque adventaige.
M. Mais s'on nous fonsoit or au poing,
Nous serions pour faire à ung coing
Nostre prouffit, d'altruy dommaige.
Avez tousjours l'eritaige
De Baillevant? B. Ouy. M. J'enraige,
Qu'en Mallepaye n'a vins, blez, grains.
B. Cent francs de rente, & ung fromage,
Vous oriez dire de couraige,
Vive le Roy! M. Ronfflez, villains.
B. Qui a le vent? M. Joyeulx mondains.
B. Gré de dames? M. Amoureux crains.
B. Et l'argent qui? M. Qui plus embource.
B. Qu'esse d'entre nous courtisains?
M. Nous prenons escus pour douzains
Franchement, & bource pour bource.
B. Ha! Monsieur. M. Sang bieu la mouste
M'a trop cousté. B. Et pourquoy? M. Pource.
B. Hay, hay! M. Tout est mal compassé.
B. Comment? M. On ne jouë plus du pousse
Qui ne tire. B. Qui & la trousse
Autant vault ung arc cassé.
M. Monsieur mon pere eust amassé
Plus d'escus que on n'eust entassé
En ung hospital de vermine.

B. Mais

B. Mais nous avons ſi bien ſaſſé,
Le ſang bieu, que tout eſt paſſé
Gros & menu par l'eſtamyne.
M. Si vient guerre, mort, ou famine,
Dont Dieu nous gard', quel train, quel' myne,
Ferons-nous, pour gaigner le brouſt?
B. Quant à moy, je me determine
D'entrer chez voiſin & voiſine,
Et d'aller veoir ſe le pot bout.
M. Mais regardons à peu de couſtz
Quel train nous viendroit mieulx à gouſt,
Pour amaſſer biens & honneurs.
B. Le meilleur eſt prendre par tout.
M. De rendre, quoy? B. On s'en abſoult
Pour cinq ſolz à ces pardonneurs.
M. Allons ſervir quelques ſeigneurs.
B. Aucuns ſont ſi petitz d'honneurs,
Que on n'y a que peine & meſchance.
M. Et prouffit quel? B. Selon les eurs:
Mais, entre nous fins eſtradeurs,
Il nous fault eſplucher la chance.
M. Servons marchans. B. Pour la pitance,
Pour *fructus ventris*, pour la pence,
On y gaigneroit ſes deſpens.
M. Et de fonſſer? B. Bonne aſſeurance,
Petite foy, large conſcience,
Tu n'y ſçez riens, & y aprens.
M. De proces quoy? B. Si je m'y rens,
Je veulx eſtre mis ſur les rencs,
S'ilz ont argent, ſi je n'en crocque.
M. Quelz gens ſont-ce? B. Gros marcheſens,
Qui ſe font bien ſervir des gens,
Mais de payer querez qui bloque.
M. Officiers quoy? C'eſt toute mocque.
L'ung pourchaſſe, l'autre deſroque,
Et ſemble que tout ſoit pour eulx.

B. Laiſ-

B. Laiſſons les la. M. Ho, je n'y tocque:
Il n'eſt point de pire defroque,
Que de malheur à malheureux.
B. Pour deſpourveuz adventureux
Comme nous, encor c'eſt le mieulx
De faire l'oſt & les gens d'armes.
M. En fuite je ſuis couraigeux.
B. Et à frapper? M. Je ſuis piteux,
Je crains trop les coups pour les Carmes.
B. Servons donc Cordeliers ou Carmes,
Et prenons leurs biſſatz à fermes,
Car il n'y a pas grant debit.
M. Ils nous preſcheroient en beaulx termes,
Et pleureroyent maintes lermes,
Devant que nous prinſſions l'abit.
B. Se en ceſt malheure & labit
Nous mourions par quelque acabit,
Ame n'ya qui bien nous face.
M. J'ay ung vieil harnoys qu'on forbit,
Sur lequel je fonde ung aubit,
Et du ſurplus Dieu ſe parface.
B. Hée fault il que fortune efface
Noſtre bon bruyt? M. Malheur nous chaſſe.
Mais il n'a nul bien qui n'endure.
B. Prenons quelque train. M. Suyvons traſſe.
B. Nous traſſons, & quelqu'ung nous traſſe.
A loups ravis, groſſe paſture.
M. Allons. B. Mais ou? M. A l'adventure.
B. Qui nous admoneſte? M. Nature.
B. Pour aller? M. Ou on nous attend.
B. Par quel chemin? M. Par ſoing ou cure.
B. Logez ou? M. Pres de la clouſture
De Monſieur d'Angoulevent.
B. Comment yrons nous? M. Juſqu'a Claquedent,
Et paſſerons par Mallepaye.

B. Brief

B. Brief c'eſt le plus expedient,
Que nous gettons la plume au vent :
Qui ne peult mordre, ſi abaye.
M. Ou ung franc couraige s'employe,
Il treuve à gaigner. B. Querons proye.
M. Deſquelz ſerons nous? B. Des plus fors.
M. Il ne m'en chault mais que j'en aye,
Que la plume au vent on envoye.
B. Puis apres? M. Alors comme alors.
B. La plume au vent. M. Sus. B. La. M. Dehors.
B. Au haut & au loing. M. Corps pour corps,
Je me tiendray des mieulx venuz.
B. On n'yra point, quant ſerons mors,
Demander au Roy les treſors
De meſſieurs les deſpourveuz.
La plume au vent. M. Je le concluz
Pour les povres de ceſte année.
B. Ne demourons plus ſi confuz,
Au grat la terre eſt degelée.
M. Allons. B. Suyvons quelque trainée,
Ou faiſons cy demourée.
M. Devant. B. Voſtre fievre eſt tremblée,
Car nous ſommes tous etourdiz.
M. Dieu doint aux riches bonne année :
B. Aux deſpourveuz. M. Graſſe journée ;
B. Et aux femmes peſants maritz.
Prenez en gré, grans & petitz.

Les Piéces ſuivantes ſont tirées d'un M S. du Commencement du ſeizieme Siecle, qui eſt dans une des plus magnifiques Bibliotheques de Paris. Pluſieurs Perſonnes, diſtinguées par leur Erudition & par leur Bon-Goût, les ont trouvées ſi ingénieuſes, que nous avons crû devoir les donner au Public.

PREMIERE BALLADE.

I.

J'AY ung arbre de la plante d'amours,
Enraciné en mon cueur proprement,
Qui ne porte fruits ſi-non de doulours,
Feilles d'ennuy, & fleurs d'encombrement.
Mais puis qu'il fut planté premierement,
Il eſt tant creu de racine & de branche,
Que ſon umbre, qui me porte nuyſance,
Fait au deſſoubs toute joye ſechier;
Et ſi ne puis, pour toute ma puiſſance,
Autre planter, ne celuy arrachier.

I I.

De ſi long-temps eſt arroſé de plours,
Et de lermes tant douloureuſement;
Et ſi n'en ſont les fruits de rien meillours,

Ne

Ne je n'y truys (*a*) guaires d'amendement.
Je les recueil pourtant ſoigneuſement.
C'eſt de mon cueur l'amere ſouſtenance,
Qui trop mieux fuſt en friche ou en ſouffrance,
Que porter fruits qui le deuſſent blecier.
Mais pas ne veult l'amoureuſe ordonnance,
Autre planter, ne celui arrachier.

III.

S'EN ce printemps, que les feilles & flours
Et abrynceaux (*b*) percent nouvellement,
Amours vouloit moy fere ce ſecours,
Que les branches qui font empeſchement,
Il retranchaſt du tout entierement,
Pour y hanter ung rynſeau (*c*) de plaiſance;
Il gecteroit bourgeons de ſouffiſance:
Joye en iſtroit (*d*), dont il n'eſt rien plus chier;
Et ne faudroit, ja par deſeſperance,
Autre planter, ne celui arrachier.

IV.

MA Princeſſe, ma premiere eſperance,
Mon cueur vous ſert en dure penitence:
Faictes le mal, qui l'acqueult (*e*), retranchier;
Et ne ſouffrez, en voſtre ſouvenance,
Autre planter, ne celuy arrachier.

SE-

(*a*) *Truys.*] De *truyre*, qui ſignifie *trouver*. Dans le *Roman de la Roſe*, on lit:

Mort le truis *devant ſa Porte.* R. d. l'E.

(*b*) *Abrynceaulx.*] C'eſt-à-dire, *Arbriſſeaux*. R. d. l'E.

(*c*) *Rynſeau.*] C'eſt-à-dire, *un petit Rameau*. R. d. l'E.

(*d*) *Iſtroit:*] du Verbe *Iſſir*, qui ſignifie *ſortir*. C'eſt donc à dire, *Joye en ſortiroit*, *en naitroit*. R. d. l'E.

(*e*) *Acqueult:*] au lieu d'*accueille*. On diſoit autrefois *cuelt* pour *cueille*; témoin ce Vers de Chriſtian de Troyes:

Qui petit ſeme, petit cuelt. R. d. l'E.

SECONDE BALLADE.

I.

PLAISANT assez, & des biens de fortune
Ung peu garny, me trouvay amoureux:
Voire si bien, que tant aymay fort une,
Que nuit & jour j'en estois langoureux.
Mais tant y a, que je fus si heureux,
Que, moyenant vingt ecus à la rose,
Je fis cela que chacun bien suppose.
Alors je dis, connoissant ce passage,
Au fait d'amours babil est peu de chose,
Riche amoureux a tousjours l'avantage.

I I.

Or est ainsy, que, durant ma pecune,
Je fus traité comme amy precieux;
Mais, tost apres, sans dire chose aucune,
Cette vilaine alla jetter les yeux
Sur un vieillard, riche, mais chassieux,
Laid & hideux, trop plus qu'on ne propose.
Ce neantmoins, il en jouït sa pose (*a*).
Dont moy confus, voyant un tel ouvrage,
Dessus ce texte allay bouter (*b*) en glose,
Riche amoureux a tousjours l'avantage.

I I I.

Or elle a tort, car noyse, ny rancune,
N'eut onc de moy, tant luy fus gracieux.
Que s'elle eust dit, Donne-moy de la Lune,
J'eusse entrepris de monter jusque aux cieux:
Et,

(*a*) *Pose*:] au lieu de *Pause*, du Latin *Pausa*, c'est-à-dire, *tranquillement*. On écrivoit autrefois *faire pose*, pour *pause*. R. d. l'E.

(*b*) *Bouter*.] C'est-à-dire *mettre*. R. d. l'E.

Et, non-obstant, son corps tant vicieux
Au service de ce vieillart expose.
Dont, ce voyant, un Rondeau je compose,
Que luy transmets. Mais, en pou de langage,
Me respond franc: Povreté te depose,
Riche amoureux a tousjours l'avantage.

I V.

Prince, tout bel, trop mieux parlant qu'Orose,
Si vous n'avez tousjours bourse déclose,
Vous abusez. Car Meung, Docteur tres-sage
Nous a décrit, que, pour cueillir la Rose (a),
Riche amoureux a tousjours l'avantage.

TROISIEME BALLADE.

I.

QUI en amours veut estre heureux,
Faut tenir train de Seigneurie;
Estre prompt, & avantureux,
Quand vient à montrer l'armarie (b),
Porter drap d'or, orfaverie;
Car cela les Dames émeut.

Tout

(a) *Meung* —— *la Rose.*] Jean de Meung, dit Clopinel, Continuateur du *Roman de la Rose*, dont le But est d'enseigner à cueillir

Du beau Rosier d'Amour le Bouton précieux,

comme l'a dit à peu près autrefois Baïf. *R. d. l'E.*

(b) *Armarie.*] Vieux Mot inconnu à nos Dictionaires d'anciens Termes. Peut-être *montrer Armaries*, ou *Armarie*, veut-il dire, *faire Montre d'Armes amoureuses*, ou *faire sa Declaration d'Amour.* Mais, cela seroit amené de bien loin. *R. d. l'E.*

Tout sert: mais, par Saincte Marie,
Il ne fait pas ce tour qui veult.

II.

Je fus nagueres amoureux
D'une Dame cointe & jolie,
Qui me dit en mots gracieux:
Mon amour est en vous ravie;
Mais il (*a*) fault qu'elle soit desservie,
Par cinquante ecus d'or, s'on peut.
Cinquante ecus, bon gré ma vie!
Il ne fait pas ce tour qui veult.

III.

Alors luy donnay sur les lieux,
Où elle feisoit l'endormie.
Quatre venues (*b*), de cœur joyeux,
Luy fis en moins d'heure & demie.
Lors me dit à voix espasmie:
Encore un coup, le cœur me deult.
Encore un coup! Hélas, m'amie,
Il ne fait pas ce tour qui veult (*c*).

IV.

Prince d'Amours, je te supplie,
Si plus ainsi elle m'accuelt (*d*),
Que ma lance jamais ne plie.
Il ne fait pas ce tour qui veult.

(*a*) Otez cet *il*, qui gâte le Vers. *R. d. l'E.*

(*b*) Lisez *venu's*, pour la Mesure du Vers. *R. d. l'E.*

(*c*) *Encore un coup .... qui veult.*] Pensée fort semblable à celle du Rondeau si connu, *Je ne suis pas de ces Gens-là.* R. d. l'E.

(*d*) *M'accuelt:*] ou plûtôt *m'acqueult*, comme ci-dessus à la Fin de la prémiere de ces trois *Ballades*. Ici, *m'acqueult* veut dire, *m'aborde*, me *sollicite*. R. d. l'E.

TABLE

TABLE DES PIECES

DE CETTE

SECONDE PARTIE.

TABLE DES PIECES.

FIN.

www.ingramcontent.com/pod-product-compliance
Ingram Content Group UK Ltd.
Pitfield, Milton Keynes, MK11 3LW, UK
UKHW021214230726
13926UKWH00003B/1010

9 782019 165215